LES ATTAQUES
DE LA BOULANGERIE

DU MÊME AUTEUR

La Course au mouton sauvage, Seuil, 1990
La Fin des temps, Seuil, 1992
Danse, danse, danse, Seuil, 1995
Après le tremblement de terre, 10/18, 2002
Au sud de la frontière, à l'ouest du soleil, Belfond, 2002 ; 10/18, 2003
Les Amants du Spoutnik, Belfond, 2003 ; 10/18, 2004
Kafka sur le rivage, Belfond, 2006 ; 10/18, 2007
Le Passage de la nuit, Belfond, 2007 ; 10/18, 2008
L'éléphant s'évapore, Belfond, 2008 ; 10/18, 2009
Saules aveugles, femme endormie, Belfond, 2008 ; 10/18, 2010
Autoportrait de l'auteur en coureur de fond, Belfond, 2009
Sommeil, Belfond, 2010 ; 10/18, 2011
La Ballade de l'impossible, Belfond, 2007 ; rééd. 2011 ; 10/18, 2009
1Q84 (Livre 1, avril-juin), Belfond, 2011 ; 10/18, 2012
1Q84 (Livre 2, juillet-septembre), Belfond, 2011 ; 10/18, 2012
1Q84 (Livre 3, octobre-décembre), Belfond, 2012
Chroniques de l'oiseau à ressort, Belfond, 2012

HARUKI MURAKAMI

LES ATTAQUES
DE LA BOULANGERIE

*Traduit du japonais
par Hélène Morita et Corinne Atlan*

Illustrations de Kat Menschik

belfond
12, avenue d'Italie
75013 Paris

Titres originaux :
PAN-YA SHUGEKI (THE BAKERY ATTACK)
et PAN-YA SAISHUGEKI (THE SECOND BAKERY ATTACK)

La nouvelle intitulée L'*Attaque de la boulangerie* a été initialement publiée en japonais dans le magazine *Waseda Bungaki* en 1981, puis republiée dans les *Œuvres complètes*, volume 8, 1979-1989, par Kodansha.
La nouvelle intitulée *La Seconde Attaque de la boulangerie* a été publiée en français dans le recueil de nouvelles *L'éléphant s'évapore*, Éditions Belfond.

Si vous souhaitez recevoir notre catalogue
et être tenu au courant de nos publications,
vous pouvez consulter notre site internet :
www.belfond.fr
ou envoyer vos nom et adresse,
en citant ce livre,
aux Éditions Belfond,
12, avenue d'Italie, 75013 Paris.
Et, pour le Canada,
à Interforum Canada, Inc.,
1055, bd René-Lévesque-Est,
Bureau 1100,
Montréal, Québec, H2L 4S5.

ISBN 978-2-7144-5414-0
Pan-ya shugeki (The Bakery Attack)
© Haruki Murakami 1981. Tous droits réservés.
Pan-ya saishugeki (The Second Bakery Attack)
© Haruki Murakami 1985. Tous droits réservés.
© Illustrations de Kat Menschik reproduites avec l'aimable autorisation de DuMont Buchverlag, Cologne (Allemagne), 2012.
© Belfond 2012 pour la traduction française.

Belfond | un département **place des éditeurs**

place
des
éditeurs

L'attaque de la boulangerie

*Traduit du japonais
par Hélène Morita*

Il faut dire que nous avions faim. Non, en fait, c'était plutôt comme si nous avions englouti un vide cosmique. Minuscule au début, comme le petit trou au centre d'un donut. Mais plus les jours passaient, plus il s'agrandissait en nous, jusqu'à devenir un néant sans limites. Ou bien jusqu'à se transformer en une pyramide dédiée à la Faim, environnée d'une solennelle musique de fond.

D'où provenait cette faim ?

Du fait que nous n'avions pas absorbé suffisamment de nourriture, évidemment. Et pourquoi avions-nous manqué de nourriture ? Parce que nous ne possédions rien d'approprié que nous aurions pu échanger contre des denrées alimentaires. Pour quelle raison n'avions-nous pas cet équivalent à offrir en échange ? Vraisemblablement parce que l'imagination nous faisait défaut. Il n'était pas impossible que notre faim ait été directement générée par notre manque d'imagination.

Peu importait, au demeurant.

Dieu était mort, tout comme Marx et John Lennon.

Et nous avions faim, c'était un fait. Voilà pourquoi nous cherchions à nous adonner au mal.

Non pas que la faim nous pousse à commettre le mal.

Non. C'était le mal qui s'exprimait à travers la faim et qui guidait nos pas. Ce n'était pas très clair. Mais c'était quelque chose d'existentiel.

— Attention, je vais mal tourner ! déclara mon compagnon.

Énoncée en peu de mots, telle était bien la situation. Avouons qu'il y avait des raisons à cela. Durant deux journées pleines, nous n'avions bu que de l'eau. Une fois, nous avions tenté d'absorber des feuilles de tournesol, mais nous n'avions guère songé à recommencer ensuite.

C'est ainsi que nous emportâmes des couteaux de cuisine et nous dirigeâmes vers la boulangerie. Située au cœur d'une rue commerçante, la boutique était jouxtée d'un côté par un magasin de futons, de l'autre par une papeterie. Le patron était un membre du Parti communiste, un homme chauve qui avait dépassé la cinquantaine. Munis de nos couteaux, nous avancions lentement en direction de la boulangerie. Cela faisait penser au film *Le train sifflera trois fois*. À chaque pas, l'odeur du pain qui cuisait dans le four était plus forte. Plus elle se faisait insistante, plus notre penchant vers le mal s'accentuait lourdement.

Nous étions exaltés à l'idée que nous allions attaquer une boulangerie et, simultanément, attaquer un communiste. Nous étions enthousiastes. Des émotions qu'avaient pu éprouver les membres des Jeunesses hitlériennes.

Il n'y avait qu'une seule cliente dans la boutique car l'après-midi était déjà bien entamé. Une bonne femme déplaisante qui portait un sac à provisions élimé et qui diffusait autour d'elle des effluves dangereux. Les projets

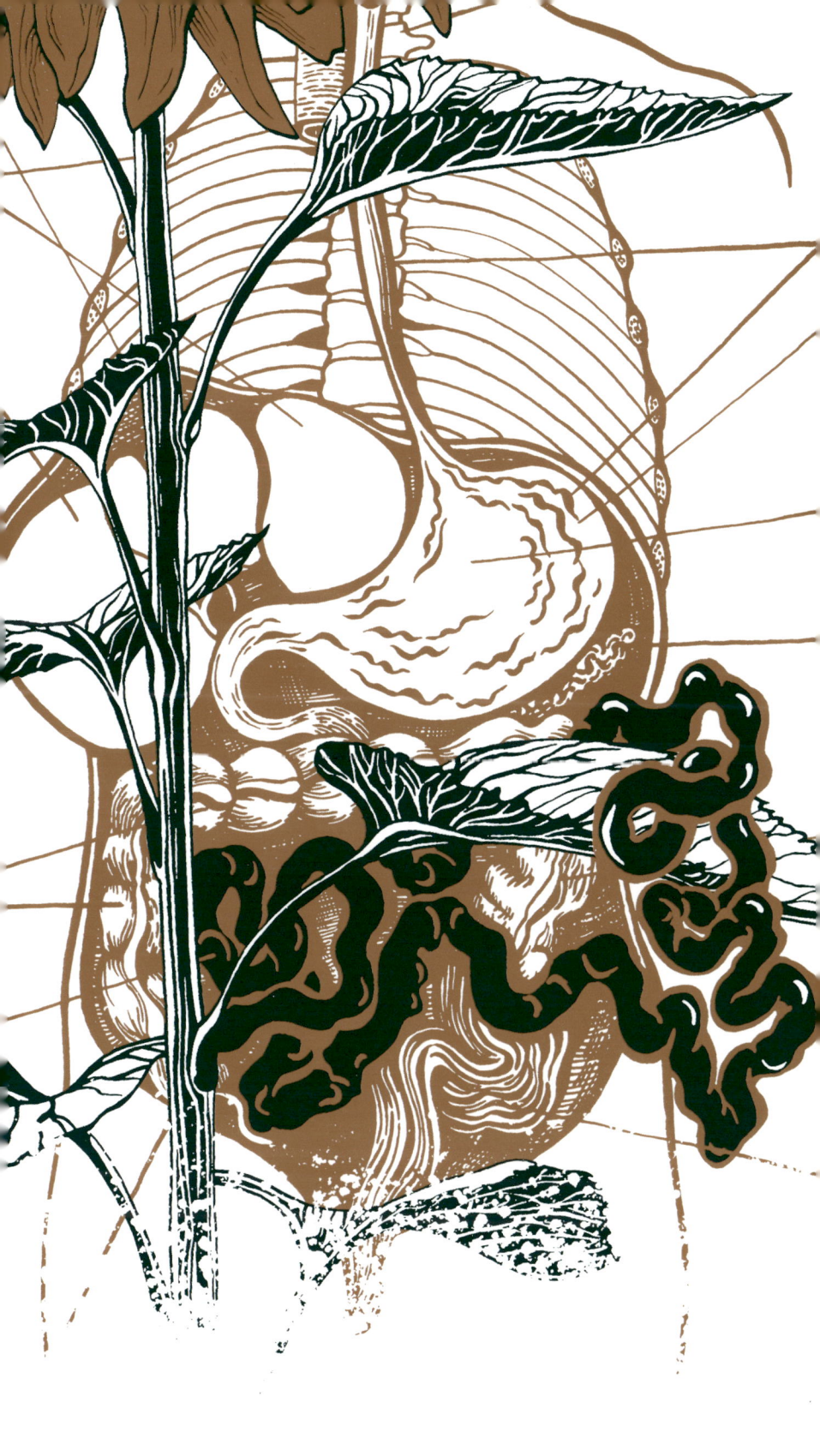

criminels sont toujours contrecarrés par ce type de femmes. Du moins, dans les séries télévisées. Du regard, j'indiquai à mon compagnon qu'il n'était pas question de passer à l'action tant que la bobonne n'aurait pas quitté les lieux. Puis je dissimulai mon couteau dans mon dos et fis mine de choisir du pain.

La femme mit un temps incroyable et une méticulosité extrême – à croire qu'elle choisissait une commode et un miroir à trois pans – pour déposer sur son plateau un « melon pan » et un beignet. Ce qui ne signifiait pas pour autant qu'elle allait les acheter. À ses yeux, ce melon pan et ce beignet n'étaient rien de plus qu'une thèse. Ou encore, un très lointain Nord extrême. Il lui fallait un long moment pour s'adapter à la situation.

Le temps passant, le melon pan perdit le premier son statut de thèse. La femme secouait la tête.

— Pourquoi ai-je choisi un truc pareil ? Ce genre de pains trop sucrés, ça ne me dit rien du tout.

Elle remit le melon pan sur l'étagère, médita un instant et posa délicatement deux croissants sur son plateau.

Une nouvelle thèse était née. L'iceberg se fissurait très légèrement alors que dans les interstices des nuages commençait à se déverser un flot de soleil printanier.

— Ça n'en finit plus ! murmura mon compagnon. Je vais la zigouiller, la viocque !

— Patience…, le freinai-je.

Sans se préoccuper de tout cela, le patron écoutait passionnément la musique de Wagner que diffusait son radio-cassette. Pour un membre du Parti communiste, était-ce correct d'écouter du Wagner ? Je confesse mon ignorance.

La mémère continuait à observer fixement les croissants et le beignet. Il y avait quelque chose qui n'allait pas, qui

n'était pas naturel. Des croissants et un beignet n'auraient sûrement pas dû être rangés côte à côte. Ils se retrouvaient là comme des concepts contradictoires, semblait-elle penser. Le plateau qu'elle tenait à la main se mit à osciller et à cliqueter à la manière d'un réfrigérateur au thermostat détraqué. Bien entendu, le plateau n'oscillait pas réellement, pas plus qu'il ne cliquetait. L'oscillation et le clic-clic-clic étaient en quelque sorte métaphoriques.

— Je vais la buter ! fit mon compagnon.

En raison de sa faim dévorante, de Wagner et de la tension engendrée par la petite vieille, il se trouvait dans un état d'hypersensibilité – qui évoquait la pilosité d'une peau de pêche. Je secouai la tête en silence.

La femme cependant, son plateau à la main, errait dans une contrée infernale digne de Dostoïevski. Ce fut d'abord le beignet qui grimpa sur une estrade et qui, face aux citoyens romains, prononça une harangue particulièrement émouvante. Des mots de toute beauté, une rhétorique impeccable, une chaude voix de baryton... Tout le monde applaudit avec entrain. À leur tour, les croissants prirent place à la tribune et délivrèrent un discours plutôt incohérent à propos des feux de signalisation. Les voitures qui voulaient tourner à gauche devraient continuer tout droit quand le feu passerait au vert ; elles tourneraient à gauche une fois qu'elles seraient assurées qu'aucun véhicule n'arrivait dans l'autre sens. Quelque chose dans ce goût. Les citoyens de Rome ne comprirent pas vraiment de quoi il retournait mais ces belles périodes leur parurent fort complexes. Ils applaudirent donc de bon cœur. L'ovation fut un peu plus nourrie que pour le beignet. Lequel, du coup, réintégra sa place sur l'étagère.

Le plateau de la cliente offrait à présent une perfection d'une absolue pureté. Deux croissants.

Sur ce, la femme quitta la boutique.

C'était à notre tour d'entrer en scène.

— Nous avons terriblement faim, confiai-je au patron. Malheureusement, nous n'avons pas un sou.

— Ah bon.

Le patron hocha la tête.

Un coupe-ongles était posé sur le comptoir. Mon compagnon et moi avions les yeux rivés dessus. Il était si grand qu'il aurait pu couper les griffes d'un vautour. Un objet sûrement conçu pour la rigolade. Un accessoire de farces et attrapes.

— Si vous êtes tellement affamés, eh bien, mangez du pain, dit le patron.

— Mais nous n'avons pas d'argent.

— Oui, vous l'avez déjà dit, j'ai entendu, répondit l'homme d'un air ennuyé. Je n'ai pas besoin d'argent. Alors, mangez autant que vous le voulez.

Je posai de nouveau les yeux sur le coupe-ongles.

— Est-ce que vous avez bien compris que nous sommes animés de mauvaises intentions ?

— Oui, oui.

— Par conséquent, il n'est pas question pour nous d'accepter la charité.

— Très bien.

— Vous avez saisi ?

— Parfaitement.

L'homme hocha de nouveau la tête.

— Dans ce cas, voici ce que je vous propose. Mangez tout le pain qu'il vous plaira. En échange, je vous lance une malédiction. D'accord ?

— Une malédiction ? Laquelle, par exemple ?

— Ah... Les malédictions ont toujours un caractère incertain. Ce n'est pas comme l'horaire d'un bus.
— Hé là, minute ! intervint mon camarade. Moi, ça ne me va pas. Je ne veux pas être maudit. Je le liquide et zou !
— Allons, allons, fit le patron. Je n'ai pas envie d'être tué.
— Et moi, je n'ai pas envie d'être maudit.
— Nous devons procéder à un échange, d'une façon ou d'une autre, dis-je.
Durant un bon moment, nous contemplâmes en silence le coupe-ongles.
— J'ai trouvé, déclara enfin le patron. Vous aimez Wagner ?
— Non, répondis-je, le couteau toujours caché dans mon dos.
— Sûrement pas, fit à son tour mon compagnon.
— Eh bien, apprenez à l'aimer, et je vous donne du pain !
Cela ressemblait tout à fait aux histoires des missionnaires sur le continent noir, mais nous nous empressâmes d'accepter sa proposition. Elle était tout de même préférable à une malédiction.
— J'aime Wagner, déclarai-je.
— Moi aussi, je l'aime, fit mon compagnon en écho.
C'est ainsi que, sur fond de mélodies wagnériennes, nous nous bourrâmes de pain.
Le patron nous lut la notice explicative de la cassette :
— « *Tristan et Isolde* est une œuvre phare dans l'histoire de la musique. Écrit en 1865, cet opéra constitue l'un des opus indispensables à la compréhension des dernières compositions du Maître. »
— Mmmm.
— Mmmm.

— « Tristan, neveu du roi de Cornouailles, a été chargé de faire venir au pays la fiancée du souverain, la princesse Isolde. Sur le bateau du retour, ils tombent amoureux. Le merveilleux duo du hautbois et du violoncelle que l'on entend dans le prélude symbolise leur amour. »

Deux heures plus tard, nous prîmes congé. Tout le monde était satisfait.

— Demain, nous écouterons *Tannhaüser*! lança le patron.

Quand nous fûmes de retour à la maison, le néant qui était en nous avait totalement disparu. Et notre imagination se mit à rouler comme sur une pente douce.

La seconde attaque
de la boulangerie

*Traduit du japonais
par Corinne Atlan*

Ai-je fait le bon choix le jour où j'ai parlé à ma femme de l'attaque de la boulangerie ? Aujourd'hui encore, je n'en suis pas sûr. Mais sans doute ne peut-on pas juger cette affaire selon des critères de bon ou de mauvais choix. Je veux dire par là que, dans la vie, il existe de mauvais choix qui entraînent des résultats positifs et de bons choix qui entraînent des résultats néfastes. Pour échapper à cette absurdité – je pense qu'on peut employer ce mot-là –, il faut admettre qu'en fait *on ne choisit rien de ce qui nous arrive*, et en gros, c'est la position que j'ai adoptée dans la vie. Ce qui est arrivé est arrivé, et ce qui n'a pas encore eu lieu n'a pas encore eu lieu.

Si on regarde les choses de ce point de vue, de toute façon, j'ai raconté à ma femme l'attaque de la boulangerie. Ce que j'ai raconté, je l'ai raconté, et l'incident que cela a entraîné a eu lieu, personne n'y peut rien. Et si cette affaire paraissait bizarre aux yeux de quelqu'un, je crois qu'il faudrait en chercher les causes dans des circonstances plus générales qui englobent également cet incident. Mais ce n'est pas la manière dont je pense qui va changer quoi que ce soit aux faits. C'est une philosophie, et rien d'autre.

Un événement bien particulier m'a amené à évoquer devant ma femme cette attaque de boulangerie. Je n'avais pas prévu de tout lui raconter, mais ce n'était pas non plus du style « Tiens, à propos, ça me revient tout à coup... ». En fait, jusqu'à ce que j'utilise devant ma femme l'expression « attaque de la boulangerie », j'avais moi-même parfaitement oublié avoir jamais commis pareil acte.

Ce qui m'a remis cet épisode en mémoire, c'est une faim à peu près insatiable, survenue sur le coup de deux heures du matin. Vers six heures du soir, j'avais pris un repas léger avec ma femme, et à neuf heures et demie nous étions allés nous coucher. Mais à peine étions-nous assoupis que pour je ne sais quelle raison nous nous sommes réveillés tous les deux en même temps, en proie à une violente fringale, d'une force égale à celle de la tornade du *Magicien d'Oz*. On aurait pu qualifier cette force d'insensée.

Or, dans le réfrigérateur, rien ne méritait le nom de nourriture. Un flacon de vinaigrette, six cannettes de bière, deux oignons tout desséchés, du beurre et du désodorisant. Nous n'étions mariés que depuis deux semaines et n'avions pas encore établi de règles de *reconnaissance mutuelle* concernant la diététique. Il y avait des montagnes d'autres choses à établir entre nous à cette époque.

Je travaillais alors dans une étude de notaire et ma femme faisait du secrétariat pour une école de design. Je devais avoir vingt-huit ou vingt-neuf ans (je ne sais pourquoi, je n'arrive jamais à me rappeler l'année de mon mariage), quant à ma femme, elle a deux ans et huit mois de moins que moi. Nous menions une vie trépidante, notre appartement était aussi encombré qu'une caverne aux tré-

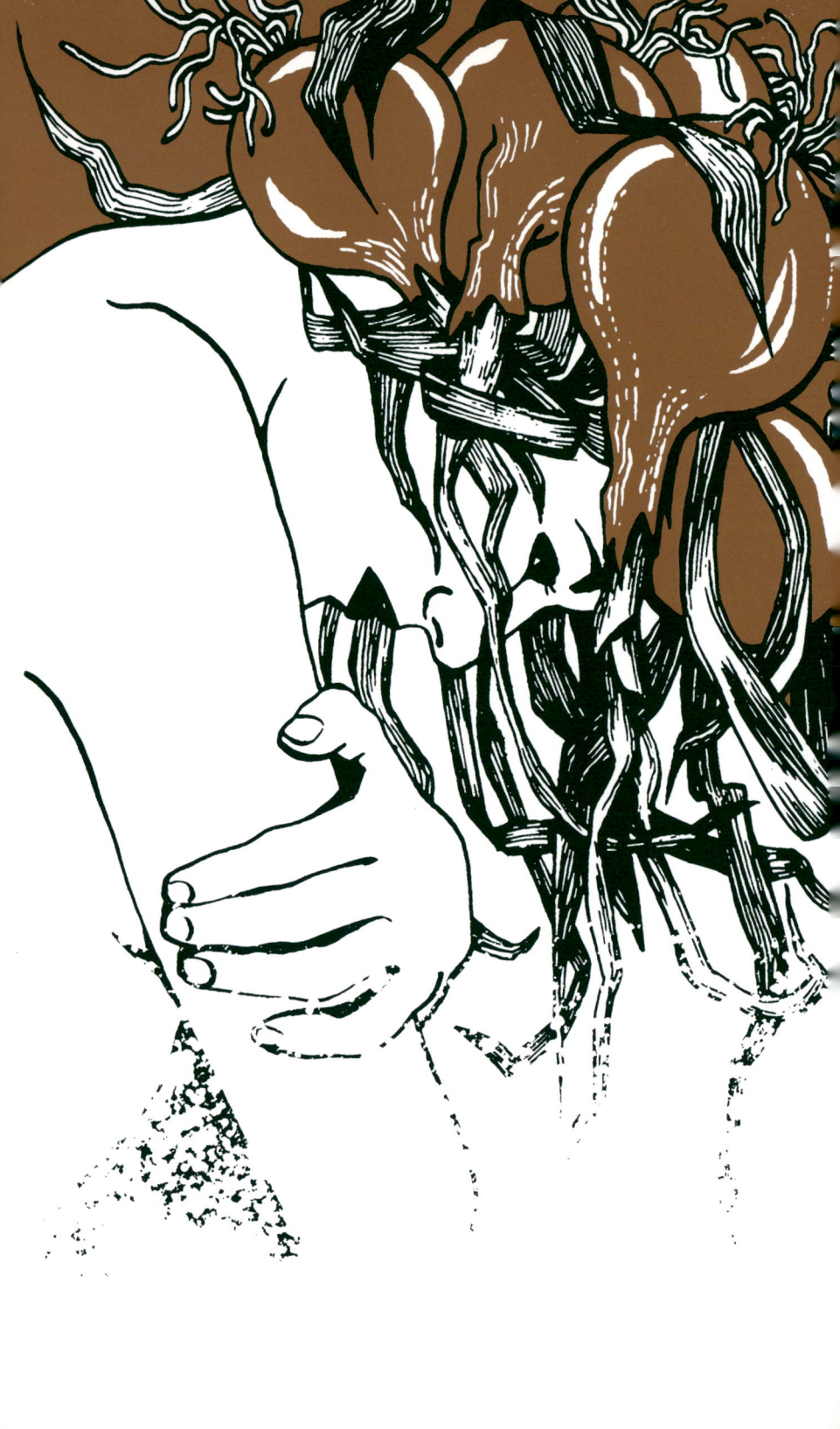

sors, et nous n'avions vraiment pas le temps de penser à acheter à manger.

Nous avons quitté le lit pour aller jusqu'à la cuisine et sommes restés un moment assis à table face à face sans rien faire. Nous avions trop faim pour songer à nous recoucher – l'idée de s'allonger était déjà pénible – et nous avions également trop faim pour nous lever et entreprendre une action quelconque. Nous n'avions pas la moindre idée d'où ni de comment une fringale aussi violente avait pu nous tomber dessus.

Dans un ultime espoir, nous sommes allés à tour de rôle ouvrir la porte du réfrigérateur, mais nous avions beau l'ouvrir, le contenu ne variait pas : de la bière, des oignons, du beurre, de la vinaigrette, et du désodorisant. Il nous restait la possibilité de faire frire les oignons dans du beurre, mais il était impensable que ces deux oignons ratatinés parviennent à combler efficacement le gouffre de nos estomacs. Les oignons, c'est fait pour être mangé en accompagnement, ce n'est pas le genre d'aliment propre à satisfaire un appétit d'ogre.

— Que dirais-tu d'un peu de désodorisant frit à la vinaigrette ? proposai-je à ma femme.

Comme prévu, ma plaisanterie tomba à plat, dans un silence glacial.

— Prenons la voiture et allons chercher un restaurant ouvert toute la nuit, dis-je. Si on suit la nationale, je suis sûr qu'on en trouvera un.

Mais ma femme refusa ma proposition. Elle n'avait pas envie d'aller dîner dehors.

— C'est contre mes principes de sortir dîner en ville après minuit, dit-elle.

Sur ce plan, elle était plutôt vieux jeu.

— Comme tu voudras, dis-je en soupirant.

C'est peut-être une tendance commune à tous les jeunes mariés, cependant ce genre d'opinion (ou de thèse parfois) émanant de ma femme résonnait à mes oreilles comme un ordre. Après qu'elle m'eut dit ça, je me mis à avoir l'impression que cette faim était d'une espèce particulière, pas une faim ordinaire que l'on peut calmer en se rendant dans un de ces restaurants ouverts la nuit que l'on trouve le long de la nationale.

Mais qu'est-ce qu'une faim particulière ?

Je peux tenter de représenter ici la situation sous forme d'une image cinématographique.

1) Je flotte paisiblement sur l'océan dans un petit bateau. 2) Je regarde au-dessous de moi dans l'eau et aperçois la pointe d'un volcan sous-marin. 3) On dirait que, entre cette pointe et la surface de la mer, la distance n'est pas bien grande mais impossible de le savoir avec précision. 4) Cela parce que la trop grande transparence de l'eau rend difficile l'évaluation de la distance.

Voilà en gros l'image qui avait traversé mon esprit pendant les trois ou quatre secondes qui suivirent la déclaration de ma femme, refusant d'aller manger dans un restaurant ouvert la nuit, juste avant que j'acquiesce par un : « Tu as raison. » Bien entendu, comme je ne m'appelle pas Sigmund Freud, je serais bien en peine d'analyser la signification de cette image, mais je compris intuitivement qu'il s'agissait d'une image de l'ordre de la révélation mystique. Voilà précisément pourquoi j'acquiesçai presque mécaniquement – malgré la violence extraordinaire de ma fringale – à la thèse (ou encore déclaration) de mon épouse.

N'ayant plus d'autre solution, j'ouvris une cannette de bière et la bus. Parce qu'il vaut mille fois mieux boire de la bière que manger des oignons. Ma femme n'adorait pas la bière, aussi j'en bus quatre et elle les deux restantes pendant que je finissais les miennes. Puis elle alla fureter en douce, comme un écureuil en novembre, dans les placards de la cuisine et découvrit quatre boudoirs au fond d'un sachet, reste d'un jour où nous avions confectionné une charlotte. Ils étaient tout ramollis par l'humidité, mais nous en mangeâmes deux chacun comme s'il s'agissait de denrées précieuses.

Hélas, ni la bière ni les biscuits ne laissèrent la moindre trace dans nos estomacs affamés, aussi vastes et indéfinis que la péninsule du Sinaï vue du ciel. Ces misérables reliefs ne comptèrent pas plus qu'un paysage ingrat défilant devant la fenêtre d'un train.

Nous nous occupâmes en lisant les caractères imprimés sur les cannettes de bière en aluminium, en regardant nos montres à plusieurs reprises, en jetant un coup d'œil dans le réfrigérateur, en feuilletant le journal de la veille, rassemblant avec le coin d'une carte postale les miettes de biscuits éparses sur la table. Le temps était lourd et sombre comme le poids en plomb d'une canne à pêche dans l'estomac d'un poisson.

— C'est la première fois de ma vie que j'ai aussi faim, dit ma femme. Tu crois que ç'a quelque chose à voir avec le mariage ?

— Je ne sais pas, répondis-je. Il y a peut-être un rapport – et peut-être pas.

À nouveau ma femme fouilla les étagères de la cuisine, à la recherche de bribes de nourriture, tandis que, me penchant à nouveau par-dessus le bord de mon bateau,

j'observais le sommet du volcan sous les eaux. La transparence de l'eau de mer entourant l'embarcation me mettait dans un terrible état d'instabilité. J'avais l'impression qu'une sorte de gouffre s'était ouvert quelque part derrière mon plexus solaire. Un gouffre pur, sans entrée ni sortie. Cet étrange sentiment de manque – la sensation que le vide existait réellement – ressemblait à la peur paralysante que l'on peut ressentir en se penchant du sommet d'une haute tour. Découvrir des points communs entre la faim et le vertige était pour moi une expérience nouvelle.

C'est exactement à ce moment-là que je me rappelai avoir déjà ressenti la même chose. *À ce moment-là*, j'avais aussi faim que maintenant. Et ce moment-là, c'était...

— L'attaque de la boulangerie !

Cela m'avait échappé, et ma femme attrapa la balle au bond.

— L'attaque de la boulangerie ? Quelle attaque de boulangerie ?

Voilà comment je me suis remémoré l'attaque de la boulangerie.

— Il y a très longtemps de ça, j'ai attaqué une boulangerie, expliquai-je à ma femme. Pas une grande, ni même une boulangerie réputée. Le pain n'était pas spécialement bon, pas vraiment insipide non plus. Une boulangerie banale, comme il y en a dans toutes les villes. Un grand-père qui faisait son pain lui-même et le vendait, dans une rue commerçante. Quand il avait vendu sa fournée du matin, il fermait boutique, c'était une boulangerie modeste.

— Pourquoi avoir choisi une si petite boulangerie ?

— Ce n'était pas la peine d'en attaquer une grande. Tout ce que nous voulions, c'était assez de pain pour nous remplir l'estomac. Nous ne voulions pas voler d'argent.

Nous n'étions pas des truands, juste des braqueurs de boulangerie.

— « Nous » ? dit ma femme. Qui ça, « nous » ?

— Moi et mon complice de l'époque. Ça remonte à plus de dix ans. Nous étions sans le sou tous les deux, nous n'avions même pas de quoi nous acheter du dentifrice. Et évidemment, nous n'avions jamais assez à manger. Autrefois, nous avons vraiment fait les quatre cents coups, tout nous était bon pour nous procurer à manger. L'attaque de la boulangerie aussi était un moyen de se nourrir…

— Je ne te suis pas très bien, dit ma femme en me regardant fixement. (Elle avait exactement le regard de quelqu'un qui cherche une étoile pâlie dans le ciel à l'aube.) Pourquoi aviez-vous besoin de faire ça ? Pourquoi ne pas travailler un peu ? Vous auriez pu trouver un petit job et gagner de quoi acheter à manger, non ? Ça me paraît vraiment plus simple que d'attaquer une boulangerie, quand même ?

— Mais on n'avait pas envie de travailler…, répliquai-je. Ça, c'était vraiment clair.

— Pourtant tu travailles bien maintenant ?

Je hochai la tête et bus une gorgée de bière. Puis me frottai les paupières avec l'intérieur du poignet. Toutes ces bières me donnaient envie de dormir. Une sorte de boue légère s'infiltrait dans ma conscience, venant chercher querelle à ma faim.

— Bah, les temps changent, notre état d'esprit aussi, la façon de penser évolue, dis-je. On ne retournerait pas dormir maintenant ? On se lève tôt tous les deux demain.

— Je n'ai pas sommeil, et je voudrais que tu me racontes ton attaque de boulangerie, insista ma femme.

— C'est plutôt ennuyeux comme histoire. Décevant, en tout cas pas aussi intéressant que tu le crois. Il n'y a pas vraiment d'action.
— Ça a marché ?
Renonçant au sommeil, j'arrachai la languette d'une nouvelle cannette de bière. Quand ma femme voulait entendre une histoire, il fallait qu'elle l'entende jusqu'au bout, c'était dans son caractère.
— Ça a marché, et en même temps pas vraiment. Autrement dit, nous avons obtenu autant de pain que nous voulions, mais pas en le prenant de force. Je veux dire que le boulanger nous a donné ce pain avant que nous puissions le voler.
— Gratuitement ?
Je fis oui de la tête.
— Pas exactement. C'est là que ça devient un peu compliqué. Ce boulanger était un fou de musique classique, et lorsque nous sommes arrivés dans sa boutique il était justement en train d'écouter un album des ouvertures de Wagner. Il nous a proposé une transaction : si nous écoutions ce disque avec lui jusqu'au bout, il nous laisserait prendre tout le pain que nous voulions. Moi et mon ami, après nous être consultés, sommes arrivés à cette conclusion : on pouvait bien écouter un peu de musique, pourquoi pas ? Ce n'était pas du travail à proprement parler, et ça ne ferait de mal à personne. Alors nous avons remis nos couteaux dans nos sacs, et nous nous sommes installés sur des chaises pour écouter avec le boulanger l'ouverture de *Tannhäuser* et du *Vaisseau fantôme*.
— Et après il vous a donné le pain ?
— Exact. Moi et mon ami avons fourré tout le pain de la boutique dans notre sac, et nous avons eu de quoi manger

pendant quatre ou cinq jours, dis-je, avant d'avaler une autre gorgée de bière.

Le sommeil faisait tanguer mon bateau comme si un tremblement de terre sous-marin avait provoqué une lame de fond.

— Bien sûr, nous avions accompli notre mission, qui était de nous procurer du pain, poursuivis-je, mais on ne pouvait pas appeler ça un acte criminel. C'était simplement du troc. Nous avions écouté du Wagner et, en échange, le boulanger nous avait donné du pain. La transaction était légale.

— Mais écouter du Wagner ce n'est pas travailler ! rétorqua ma femme.

— Exact. Si, au lieu de ça, le boulanger nous avait proposé de faire la vaisselle ou d'astiquer les fenêtres, nous aurions refusé et l'aurions bel et bien attaqué pour lui voler son pain. Mais il ne nous a rien demandé de tel, il nous a juste demandé d'écouter du Wagner avec lui. Ce qui nous a plongés, mon ami et moi, dans la plus totale confusion. Parce que, naturellement, nous n'avions pas prévu l'intervention de Wagner dans cette histoire. C'était comme un sort qu'on nous aurait jeté. Aujourd'hui, avec le recul, je suis persuadé qu'il aurait mieux valu aller au bout de notre plan initial, et l'attaquer à main armée pour lui voler son pain. Comme ça, il n'y aurait pas eu de problème.

— Il y a eu un problème ?

Je me frottai à nouveau les paupières.

— Oui. Mais pas un problème concret visible à l'œil nu. À dater de cette histoire, les choses se sont mises à changer imperceptiblement. Et une fois que les choses se mettent à changer, elles ne reviennent jamais en arrière.

Finalement, je suis retourné à l'université pour terminer mes études, comme tout le monde, et j'ai préparé mon examen d'entrée dans la magistrature tout en travaillant dans une étude. Et puis je t'ai rencontrée et je me suis marié. Je n'ai plus jamais attaqué de boulangerie.

— Et ton histoire est finie ?

— Oui, ça s'arrête là, dis-je en buvant les dernières gouttes de ma bière.

Les six cannettes étaient vides maintenant. Dans le cendrier reposaient les six languettes, telles des écailles de sirène.

Naturellement, il n'était pas vrai que rien de plus ne s'était passé. Plusieurs faits réels s'étaient produits à la suite de cette histoire. Mais je n'avais pas envie de lui en parler.

— Et ton ami, qu'est-il devenu ? demanda ma femme.

— Je n'en sais rien. Après ça nous nous sommes fâchés pour une broutille. Je ne l'ai jamais revu, et j'ignore ce qu'il fait aujourd'hui.

Ma femme resta silencieuse un moment. Je pense qu'elle avait perçu un écho évasif dans ma réponse. Cependant elle n'insista pas, sur ce point-là du moins.

— Mais la cause directe de votre séparation a été l'attaque de la boulangerie, je me trompe ?

— Sans doute. Je crois que le choc que nous a causé cette histoire a eu des répercussions bien plus graves que nous ne l'aurions pensé. Après, pendant des jours, nous avons discuté du rapport entre le pain et la musique de Wagner. Nous nous demandions si nous avions fait le bon choix. Mais nous ne sommes parvenus à aucune conclusion. Pour une pensée normale, le choix était sûrement le bon : personne n'avait été blessé, tout le monde était satisfait, le boulanger – je n'ai jamais compris ses motivations exactes, en tout cas, ça lui a permis de faire de la propagande pour Wagner —, autant que nous, qui avions pu manger du pain tout notre content. Pourtant, je sentais qu'il y avait dans tout ça une erreur magistrale. Et l'ombre noire de cette erreur, dont le principe nous a toujours échappé, s'est étendue sur nos vies. C'est pour cela que j'ai parlé de sort tout à l'heure. Sans aucun doute, c'était une espèce de malédiction.

— Tu crois que cette malédiction a disparu aujourd'hui ? Elle ne pèse plus sur toi ni sur ton ami ?

Je pris les six languettes dans le cendrier et confectionnai un bracelet d'aluminium.

— Je n'en sais rien. Il semble que le monde soit plein de malédictions diverses, et quand des problèmes nous tombent dessus, il est difficile de savoir à laquelle ils sont dus.

— Non, c'est faux, dit ma femme en me regardant fixement au fond des yeux. Si on réfléchit bien, on peut le savoir. Et tant que l'on ne dénoue pas cette malédiction de ses propres mains, elle nous fait souffrir jusqu'à la fin de notre vie comme une carie mal soignée. Et ce qui est valable pour toi l'est pour moi aussi.

— Pour toi ?

— Maintenant, c'est moi ton meilleur ami, non ? Par exemple cette faim que nous ressentons en ce moment, elle vient de là. Jusqu'à ce qu'on se marie, jamais je n'avais ressenti une faim pareille, pas une seule fois. Tu ne trouves pas ça extraordinaire ? Je suis sûre que la malédiction qui pèse sur toi m'englobe aussi.

Je hochai la tête, défis le rond que j'avais fabriqué, remis les languettes dans le cendrier. Avait-elle raison ou pas ? Maintenant qu'elle me le disait, ça me paraissait presque évident.

Je sentis revenir la sensation de faim, qui avait reflué jusqu'à la périphérie de ma conscience. Elle était encore plus violente que tout à l'heure, j'en avais terriblement mal à la tête. Les vibrations de la moindre fibre de mon estomac étaient reliées au tréfonds de ma tête par un câble. Quelle machinerie complexe devait être l'intérieur de mon corps !
J'observai à nouveau le volcan sous-marin. L'eau avait atteint un degré de transparence inégalé. Si on ne regardait pas avec attention, on en arrivait presque à oublier la présence de l'eau. J'avais l'impression que ce bateau flottait tout seul dans l'espace sans aucun support liquide. Et je distinguais nettement le moindre petit caillou tout au fond de l'eau, il paraissait à portée de main.

— Cela ne fait que six mois que je vis avec toi, mais je sens en permanence une sorte de maléfice autour de toi, me déclara ma femme, puis, sans me quitter des yeux, elle croisa ses doigts sur la table. Évidemment, jusqu'à ce que tu me racontes ton histoire, je ne savais pas qu'il s'agissait d'une malédiction, mais maintenant j'y vois clair.

— Tu la ressens comment, sous quelle forme, cette malédiction ? hasardai-je.

— Un rideau plein de poussière, pas lavé depuis des années, qui pendrait du plafond, tu vois.

— Ça, ce n'est peut-être pas la malédiction, c'est peut-être tout simplement moi, fis-je en riant.

Elle ne riait pas.

— Non, non, ce n'est pas toi, je sais de quoi je parle.

— Admettons que ce soit une malédiction, comme tu dis, que dois-je faire alors ?

— Attaquer à nouveau une boulangerie, répondit-elle d'un ton péremptoire. Il n'y a pas d'autre moyen de te délivrer de ce sort.

— Là, maintenant, tout de suite ?
— Oui, maintenant. Pendant que tu as faim. Tu dois accomplir maintenant la tâche que tu n'as pas terminée autrefois.
— Mais tu crois qu'il y a des boulangeries ouvertes au milieu de la nuit ?
— Cherchons-en une ! dit ma femme. Tôkyô est une grande ville, je suis sûre qu'il existe au moins une boulangerie encore ouverte quelque part.

Ma femme et moi montâmes dans ma Corolla d'occasion, et nous mîmes à rôder dans les rues de Tôkyô à la recherche d'une boulangerie ouverte à deux heures et demie du matin. Je conduisais, tandis qu'assise à côté de moi elle jetait des deux côtés de la chaussée des regards perçants d'oiseau de proie. Un pistolet Remington automatique reposait comme un long poisson sur la banquette arrière, les balles que ma femme tenait prêtes dans la poche de son coupe-vent cliquetaient sèchement. Dans la boîte à gants se trouvaient aussi deux cagoules de ski noires. Je n'avais pas la moindre idée de la raison pour laquelle ma femme avait un pistolet en sa possession, je ne savais pas davantage pourquoi elle avait des cagoules de ski. Ni elle ni moi ne pratiquions ce sport. Mais elle ne me donna pas d'explication et, de mon côté, je ne lui posai pas de questions. Je me fis simplement la réflexion que la vie conjugale était un phénomène bien étrange.

Cependant, en dépit de cet équipement qu'on ne peut que qualifier de parfait, nous ne parvînmes pas à dénicher la moindre boulangerie ouverte. Je sillonnai les rues désertes de Yoyogi à Shinjuku, puis Yotsuya, Akasaka, Hiroo, Aoyama, Roppongi, Daikanyama, Shibuya. Dans ce Tôkyô nocturne, nous vîmes déambuler toutes sortes de gens, et

il y avait de nombreux magasins ouverts, mais pas une seule boulangerie. Personne ne vendait de pain la nuit. En cours de route, nous croisâmes deux voitures de police. L'une était dissimulée le long d'un trottoir, l'autre nous dépassa relativement lentement. Chaque fois, je sentis la sueur dégouliner le long de mes aisselles ; ma femme, elle, ne leur accorda pas même un regard, continuant à se concentrer sur sa quête de boulangerie. Dès qu'elle changeait un peu de position, les balles crissaient dans sa poche comme des cosses de sarrasin dans un oreiller japonais traditionnel.

— Laissons tomber, dis-je. Tu vois bien qu'il n'y a pas une seule boulangerie ouverte à cette heure-ci. Ça se prépare, ce genre de chose.

— Stop ! cria-t-elle soudain.

J'appuyai en hâte sur la pédale de frein.

— Ici, dit-elle d'un ton plus paisible.

Les mains toujours sur le volant, je regardai autour de moi mais ne vis pas la moindre devanture ressemblant à une boulangerie. Toutes les boutiques de la rue avaient baissé leur rideau de fer, les alentours étaient extrêmement calmes. Une enseigne de coiffeur flottait dans l'air froid, comme un œil de verre de travers. Deux cents mètres plus loin brillait le néon en forme de M d'un McDonald's.

— Eh, ce n'est pas une boulangerie, fis-je.

Mais ma femme ouvrit la boîte à gants sans un mot, y prit un rouleau de ruban adhésif renforcé et descendit de voiture. Elle s'accroupit devant le véhicule, coupa une bonne longueur de ruban, entreprit d'en recouvrir la plaque d'immatriculation. Le numéro fut bientôt illisible. Ensuite elle fit de même à l'arrière. Elle avait l'air habituée. Debout à côté d'elle, je la regardais faire, médusé.

— On va braquer ce McDo, dit-elle, d'un ton aussi paisible que si elle m'annonçait le menu du soir.
— Un McDonald's n'est pas une boulangerie, lui fis-je remarquer.
— C'est *comme* une boulangerie, dit-elle avant de remonter en voiture. Parfois, il faut savoir faire des concessions. En tout cas, gare-toi devant ce McDonald's.

Renonçant à toute résistance, j'avançai la voiture de deux cents mètres et la garai sur le parking du McDo. Il y avait une seule voiture à part la nôtre : une Bluebird rouge flambant neuve. Ma femme me tendit le revolver enveloppé dans une couverture.

— Mais je ne me suis jamais servi de ce genre de truc, et je n'ai pas envie de commencer, me défendis-je.
— Tu n'auras pas besoin de t'en servir, il suffit de le tenir à la main. Personne ne résistera, tu vas voir. Tu es prêt ? Bon. Tu fais comme je te dis. D'abord, on entre tous les deux dans le McDo d'un air assuré, et dès que l'employé nous dit : « Bienvenue chez McDonald's », ça sera le signal entre nous, on met les cagoules. Compris ?
— Oui, j'ai compris, mais...
— Ensuite, tu pointes le pistolet sur lui, et tu fais mettre tous les employés et les clients dans un coin. Il faut que ça aille vite, hein. Après, tu me laisses faire, je m'occupe de tout.
— Quand même...
— Combien tu crois qu'il nous faut de hamburgers ? Une trentaine devrait suffire, non ?
— Peut-être, dis-je.

Puis je pris le revolver en poussant un soupir et déroulai un peu la couverture pour voir. Il était aussi lourd qu'un sac de sable et plus noir que les ténèbres de la nuit.

— Tout cela est-il vraiment nécessaire ? demandai-je. Cette question s'adressait autant à elle qu'à moi.

— Indispensable, répondit-elle.

— Bienvenue chez McDonald's, lança l'employée derrière le comptoir, nous adressant son plus beau sourire McDonald's.

Je fus un instant décontenancé en la voyant car je n'avais pas imaginé que des femmes puissent travailler de nuit dans un fast-food, mais je me repris rapidement et enfilai ma cagoule.

L'employée nous avait regardés mettre rapidement nos cagoules d'un air d'incompréhension totale et restait bouche bée. La manière de réagir en pareille situation ne devait figurer nulle part dans le manuel de l'employé McDonald's modèle. Elle était sur le point de prononcer la suite de sa formule standard « Bienvenue chez McDonald's », mais ses lèvres figées ne pouvaient plus émettre un son. Malgré tout, une trace de sourire professionnel subsistait sur son visage, comme un croissant de lune dans le ciel de l'aube.

Aussi rapidement que possible, je sortis le pistolet de la couverture et le pointai sur la salle, mais en fait de clients il y avait seulement un couple à l'allure estudiantine installé devant une table en plastique – ou plutôt affalés dessus, car ils étaient profondément endormis. Sur la table s'alignaient leurs têtes et deux gobelets de milk-shake à la fraise, une vraie sculpture avant-gardiste. Ils dormaient d'un sommeil profond comme la mort, et il me sembla que je pouvais les abandonner à leur sort, car ils ne paraissaient guère en mesure de faire obstacle à nos desseins. Je dirigeai donc le canon de mon arme vers le comptoir, où se tenaient trois employés : la fille qui nous avait accueillis, un chef à la tête en forme d'œuf et au teint maladif, et un jeune type à l'expression indéchiffrable, sans doute un étudiant qui s'était trouvé un job en cuisine. Tous trois se rassemblèrent devant la caisse enregistreuse, contemplant le canon de mon revolver comme des touristes un puits inca. Personne ne poussa de cris, personne n'essaya de me retenir. Le revolver était si lourd que je dus le poser sur la caisse, le doigt sur la détente.

— Je vais vous donner l'argent, dit le chef d'une voix atone. Il n'y en a pas beaucoup parce qu'on vient relever la caisse à onze heures, mais prenez tout. Il n'y a pas de problème, nous sommes assurés contre le vol.

— Fermez le rideau de fer et éteignez l'enseigne, ordonna ma femme.

— Attendez, dit le chef. Ça, ça m'ennuie, je n'ai pas le droit de fermer le magasin comme je veux, je serai tenu pour responsable.

Ma femme répéta son ordre.

— Il vaut mieux faire ce qu'elle vous dit, lui conseillai-je, le voyant hésiter.

Il regarda tour à tour le pistolet et ma femme, puis se décida, éteignit l'enseigne, appuya sur le bouton de commande du rideau de la porte d'entrée. Je surveillai ce qu'il faisait pour qu'il ne puisse pas déclencher une alarme, mais, apparemment, il n'y avait pas de dispositif d'alarme relié au poste de police le plus proche dans les magasins de la chaîne McDonald's. Personne n'avait jamais pensé qu'on pouvait braquer un commerce de hamburgers.

Le rideau se baissa à grand bruit, comme si on frappait sur un seau à coups de batte, ce qui n'empêcha pas le

couple d'étudiants de continuer son somme. Cela faisait longtemps que je n'avais pas vu des gens dormir aussi profondément.

— Trente Big Mac à emporter, dit ma femme.

— Je vous donne tout l'argent que vous voulez, mais allez consommer ailleurs, s'il vous plaît, demanda le chef. Ça va terriblement embrouiller la comptabilité. Je veux dire...

— Il vaut mieux faire ce qu'elle dit, répétai-je.

Les trois employés se rendirent à la cuisine et se mirent au travail. L'étudiant faisait griller les hamburgers, le chef les insérait à l'intérieur des petits pains, l'employée les rangeait dans un sachet blanc, et personne ne pipait mot. Je m'adossai contre un énorme réfrigérateur, le canon de mon pistolet dirigé vers la plaque du gril. Sur le gril grésillaient des rangées de steaks hachés rose pâle, ovales comme des gouttes d'eau, je sentais le doux fumet de la viande grillée monter par tous les pores de ma peau comme une nuée d'insectes microscopiques, se mêlant à mon sang pour atteindre les moindres recoins de mon être. Ces particules achevaient leur course rassemblées au fond du gouffre affamé qui s'ouvrait au centre de mon corps et venaient en tapisser les parois.

J'avais très envie de m'emparer d'un ou deux des hamburgers enveloppés de sachets blancs dont la pile gonflait à vue d'œil à côté de moi, mais je décidai d'attendre que les trente fussent prêts, n'étant pas très sûr qu'un tel acte n'aille pas à l'encontre de notre objectif. Il faisait une chaleur étouffante dans la cuisine, et je commençais à transpirer sous ma cagoule de ski.

Tout en préparant les hamburgers, les trois employés jetaient de temps en temps un coup d'œil vers le canon de

mon revolver. Par moments, je me grattais les oreilles du bout de mon petit doigt gauche. Dès que je suis tendu, ça ne rate pas, les oreilles me démangent. Chaque fois que je me grattais par-dessus ma cagoule, le revolver, déséquilibré par ce geste, tanguait dangereusement de haut en bas, ce qui semblait terroriser les employés. Il n'y avait aucun risque que le coup parte puisque je n'avais pas enlevé la sécurité, mais les trois malheureux ignoraient ce détail, et je ne voyais aucune raison de leur en parler.

Tandis qu'ils s'activaient autour du gril sous ma surveillance, ma femme regardait de temps à autre du côté de la salle, comptait le nombre de hamburgers prêts et les entassait dans un grand sac en papier à poignées. Nous avions déjà un sac plein, contenant quinze Big Mac.

— Pourquoi faites-vous ça ? me demanda soudain la fille. Vous pourriez vous enfuir avec la caisse, et vous acheter tout ce que vous voulez à manger. À quoi ça vous avancera d'avaler trente Big Mac ?

Je secouai un peu la tête de côté sans lui répondre.

— Je suis vraiment désolée pour vous, mais il n'y avait pas de boulangerie ouverte, expliqua ma femme à ma place. S'il y en avait eu une ouverte, on l'aurait attaquée.

Je n'étais pas sûr que ce genre d'explication aide la fille à mieux comprendre la situation, mais en tout cas personne ne posa plus de questions. Ils continuèrent en silence à faire griller la viande, à l'insérer dans des petits pains, qu'ils mettaient ensuite dans des sachets. Quand les trente Big Mac furent prêts, empilés dans deux grands sacs de papier, ma femme commanda deux maxi-gobelets de Coca et les paya comptant.

— Nous ne volons rien d'autre que du pain, expliqua-t-elle à l'employée.

Celle-ci bougea la tête d'une façon assez complexe. Elle hocha la tête et l'agita pour dire non tour à tour. Sans doute essayait-elle de faire ces deux gestes simultanément. Je la comprenais un peu.

Ensuite ma femme sortit de sa poche une pelote de ficelle fine pour les paquets – décidément, elle avait tout ce qu'il fallait sur elle – et ficela bien proprement les employés au pilier central, comme si elle cousait des boutons. Ayant à l'évidence compris que tout ce qu'ils pourraient dire serait inutile, tous trois se laissèrent faire en silence. Même quand ma femme leur demanda si ça ne leur faisait pas mal, si personne ne voulait aller aux toilettes, ils restèrent muets comme des carpes. Je remballai le pistolet dans la couverture, ma femme prit un sac en papier portant le sigle McDonald's dans chaque main, et nous sortîmes par le bas du rideau de fermeture entrebâillé. Le couple dans la salle dormait toujours profondément, pareil à des poissons des abysses, et je me demandai un instant ce qu'il aurait fallu pour les tirer d'un sommeil aussi profond.

Après avoir roulé une trentaine de minutes, nous nous arrêtâmes sur le parking d'un immeuble tranquille pour manger des hamburgers à satiété, en buvant du Coca. J'envoyai six Big Mac dans le gouffre qui me tenait lieu d'estomac. Ma femme, elle, cala au bout de quatre. Il nous restait vingt hamburgers sur la banquette arrière. La faim insatiable qui nous tourmentait pour l'éternité, semblait-il, s'était évanouie avec l'aube. Le premier rayon de soleil teinta de violet les murs sales de l'immeuble d'en face, faisant étinceler de façon aveuglante les lettres publicitaires géantes SONY BETA HIFI apposées sur une tour. Les premiers pépiements d'oiseaux se firent entendre, mêlés aux crissements intermittents des pneus de camions

sur l'autoroute. La radio diffusait de la musique country. Nous fumâmes une cigarette à deux. Après quoi, ma femme posa doucement sa tête sur mon épaule.

— Tout cela était-il vraiment nécessaire ? demandai-je alors à nouveau.

— Indispensable, dit-elle.

Puis elle poussa un énorme soupir et s'endormit.

Son corps était doux comme celui d'un chat, et si léger. Une fois seul, je me penchai par-dessus le bord de mon bateau et observai à nouveau le fond de la mer. Je ne voyais plus le volcan. La surface paisible de la mer réfléchissait le bleu du ciel, et les vaguelettes mollement agitées par le vent faisaient un doux clapotis contre le bord extérieur de l'embarcation, comme les manches d'un pyjama de soie.

Je m'allongeai sur le fond du bateau, fermai les yeux et attendis que la marée montante m'emporte vers ma destination.

*Composé par Nord Compo Multimédia
7, rue de Fives, 59650 Villeneuve-d'Ascq*

Achevé d'imprimer en France par Chirat
Dépôt légal : novembre 2012

15¢
McDo[n]
FA[mous]
HAMBU[rgers]
BUY EM B[y]